Te quiero como eres

Papel certificado por el Forest Stewardship Council®

Título original: *Weißt du eigentlich, wie sehr ich dich liebe?*
Ein besonderes Kinderbuch über Halt, Einzigartigkeit und Werte

Primera edición: mayo de 2021

© 2020, Alma Gross
© 2021, Penguin Random House Grupo Editorial, S.A.U.
Travessera de Gràcia, 47-49. 08021 Barcelona
© 2021, Alfredo Blanco Solís, por la traducción
© 2020, Irwan Kurniadi, por las ilustraciones
© 2021, Natalia Skripko, por la ilustración de cubierta

Printed in Spain – Impreso en España

ISBN: 978-84-18594-21-2
Depósito legal: B-2.759-2021

Compuesto en Comptex&Ass., S. L.
Impreso en EGEDSA
Sabadell (Barcelona)

GT 94212

Alma Gross

Te quiero como eres

**Un inspirador libro infantil sobre
autoestima, empatía y valores
PARA NIÑAS Y NIÑOS**

montena

¿Qué podemos hacer para ser especiales?

—¡Por fin vacaciones! —exclamó alegre Mia cuando la despertó un rayo de sol que entraba por la ventana de su habitación, haciéndole cosquillas en la nariz.

Antes de saltar con energía de la cama, la preciosa niña de rizos castaños y adorables ojos negros se estiró en un último bostezo de satisfacción. Desde ese día, y durante seis maravillosas semanas, no tendría que levantarse demasiado pronto ni darse prisa para llegar puntual al colegio.

Cuando bajaba las escaleras hacia la cocina, sonrió feliz al recordar que ese día iría, con sus padres y su hermano, a ver a los abuelos. Como ya había acabado tercero, Mia se sentía muy mayor, y el viaje a casa de la abuela Klara y el abuelo Heinz ya no suponía la emocionante aventura de hacía un par de años; a pesar de todo, le hacía ilusión pasar un tiempo sin

grandes preocupaciones en el pequeño pueblo junto al bosque.

En la cocina estaba su madre, y olía de maravilla a tortitas recién hechas. Claro, era sábado y, para empezar el fin de semana, siempre había un desayuno especial para toda la familia. ¡Perfecto! Todo encajaba con su buen humor.

—¡Hola, mamá! —saludó alegre—. ¿Ya se ha levantado Sven?

—¡Buenos días, Mia! No, parece que sigue durmiendo como un tronco. ¿Serías tan amable de ir a despertarle? —le contestó su madre, que se volvió hacia ella sonriendo—. Para cuando estéis preparados, papá habrá vuelto de la panadería y podremos desayunar todos juntos.

—Sí, me lo imaginaba... Sven siempre será un dormilón —comentó Mia. Como al decirlo entrecerró los ojos con un poco de malicia, hizo sonreír a su madre.

Mia subió los peldaños de dos en dos y no se molestó en llamar a la puerta de la habitación de su hermano. Total, estaba dormido como una marmota y no lo iba a oír... Le conocía de sobra. Ya era suficientemente difícil despertarle.

Solo abrió los ojos encantado cuando su hermana de nueve años, de melena morena y nariz respingona,

le recordó que a primera hora de la tarde irían a casa de sus abuelos.

—¡Ah, sí! ¡Iremos a casa de los abuelos... y a ver a Osito! —se alegró, muy espabilado de repente. En menos de un segundo, Sven se había despertado del todo y salió corriendo hacia el baño.

En momentos como estos, resultaba especialmente obvio para Mia que su hermano tenía dos años menos que ella. Aunque él ya llevara un año cursando primaria, seguía siendo muy pequeño para ella y normalmente tenía en la cabeza cosas muy distintas a las de su hermana. Quizá precisamente por eso quería tanto a Sven. No hace tanto tiempo, probablemente ella también se habría puesto a bailar de alegría ante la idea de volver a ver al fiel y adorable san bernardo de sus abuelos. Pero, como ahora debía aprender a integrarse para que sus compañeras de su clase no la dejaran de lado, las cosas habían cambiado mucho para Mia en los últimos meses. Seguro que pronto le ocurriría lo mismo a Sven. Mientras tanto, Mia se alegraba de todo corazón de que él conservara su inocencia infantil.

Cuando poco después Mia se sentó a la mesa del desayuno, parecía extrañamente pensativa, lo que no pegaba en absoluto con aquel día. Afortunadamente, nadie se dio cuenta, y la alegre cháchara de su hermano pequeño la distrajo en un santiamén de todo lo que la preocupaba. No, ya estaba de vacaciones y por nada del mundo dejaría que se estropeara su buen humor.

Como todos los sábados, se rieron mucho en el desayuno. Aunque sus padres debían volver a trabajar el lunes, también se alegraban de ir de excursión al campo y de poder pasar el día con sus hijos.

El día anterior, Mia y Sven habían escogido todo lo que querían llevarse a casa de sus abuelos. Obviamente, Sven necesitó mucha ayuda por parte de su madre; y mejor que fuera así, porque, de lo contrario, casi seguro que habría vaciado su habitación entera para llevarse todos sus juguetes. En cambio, Mia había insistido en que una chica como ella, que en pocos meses cumpliría diez años, ya podía preparar sola su equipaje.

Visiblemente asustados, sus padres observaron las dos maletas, la bolsa de viaje y la repleta mochila situadas al final de la escalera.

—¿Estás de broma? —preguntó su padre, completamente atónito—. ¿De verdad quieres llevarte todo eso? Solo te vas dos semanas a casa de los abuelos, no un año entero.

—No pasa nada —le interrumpió la madre de Mia—. En el maletero hay sitio de sobra y las chicas de esta edad necesitan incluso más cosas que los niños más pequeños.

—Muy bien —cedió su padre, dándose por vencido—. Aunque creo que al menos deberíamos ayudarte a meter el equipaje en el coche.

Durante las tres horas de trayecto al pueblo en el que su madre había vivido de niña, todos estuvieron del mejor humor posible. Tan solo Mia fue incapaz de desconectar, mirando de vez en cuando por la ventana, porque el móvil la interrumpía constantemente. Cada vez que sonaba, la advertía de que llegaba un nuevo mensaje de alguna de sus amigas, al que ella debía responder sin falta inmediatamente.

Al llegar a la casa de sus abuelos, la madre de Mia le pidió que le apagara el móvil. Y, aunque no sería capaz de reconocerlo en su vida, en realidad Mia se alegró mucho de hacerlo.

Cuando finalmente miró alrededor, le dio casi la impresión de que acababa de salir de un sueño para volver a la realidad justo en ese instante. Tras parpa-

dear un par de veces para acostumbrarse a la clara luz del día, distinguió a su abuela Klara y a su abuelo Heinz, que los esperaban delante de la puerta del jardín, y los saludó radiante de felicidad.

Osito, el peludo y bondadoso san bernardo de sus abuelos, ya había corrido hacia ella y esperaba junto al coche saludándolos alegremente con ladridos y moviendo frenéticamente la cola. Sven salió del vehículo de un salto para abrazar a su querido amigo de cuatro patas y para hundir el rostro en su suave pelaje.

—No te puedes imaginar cuánto te he echado de menos... —le susurró a Osito en el oído, en un tono de voz tan bajo que estaba seguro de que nadie podría oírlo.

Sí, tiempo atrás Mia también habría abrazado a Osito. Era una lástima que ya fuera demasiado mayor y que solo debiera acariciarlo como hacían los adultos... Parecía que ya no podía comportarse como una niña pequeña.

—¡Bienvenida, querida familia! —exclamó la abuela Klara, mientras todos seguían abrazándose completamente emocionados.

—Entremos primero en casa. Allí podréis dejar el equipaje y poneros cómodos.

No hizo falta decirlo dos veces. Ya desde la puerta, a los niños les llegaba el tentador aroma de la tarta de ciruela que su abuela había hecho para ellos. Fue en ese momento cuando se dieron cuenta del hambre que les había entrado en ese viaje tan largo, y a ambos se les hizo la boca agua.

Para acompañar la deliciosa tarta con nata fresca, de la que nadie se cansaba, Mia y Sven tomaron un chocolate caliente mientras los mayores bebían café. Todos hablaban a la vez con la boca llena, y los niños ya no parecían ser mucho mayores que la última vez que habían estado allí.

Entre el entusiasmo general, incluso Mia se olvidó de sus preocupaciones y le vino muy bien decir sencillamente lo primero que le pasaba por la cabeza, sin pensárselo mucho.

A primera hora de la tarde, Mia se quedó sola en la cocina con su abuela. Sus padres —que no querían retrasar demasiado su vuelta a la ciudad— ya se habían despedido de ambos hermanos, y Sven se había ido a dar un largo paseo con su abuelo y con Osito.

Su abuela le pidió que la ayudara a meter los platos en el lavavajillas y, naturalmente, la niña no pudo negarse.

Pero Mia se dio prisa con la tarea, ya que quería disculparse con sus amigas por haber tenido el móvil apagado durante tanto tiempo y por no haber dado señales de vida en varias horas.

Antes de que pudiera huir a su habitación, la abuela Klara se acercó a ella. Posó sus manos con cariño en los hombros de Mia y la miró a los ojos sonriendo.

—¡Es increíble cuánto has crecido desde Navidad, ángel mío! —comentó sorprendida—. Enseguida te convertirás en una mujercita. No sabes cuánto me alegro de que por fin hayáis vuelto. Igual ya eres demasiado mayor para jugar a las cosas que tanto te gustaban el año pasado... Así que, ¿qué podríamos hacer juntas hasta que vuelvan los chicos y Osito? ¿Qué te apetece?

Mia se sintió muy avergonzada. Seguía queriendo a su abuela tanto como antes y, aunque por nada del mundo deseaba decepcionarla, Mia ya no tenía tiempo para juegos.

—Luego podríamos ver una película. Pero antes necesito contestar a los mensajes del móvil —se excusó incómoda.

—Claro —respondió comprensiva su abuela—. Se me había olvidado que ahora las niñas de tu edad tenéis móvil. En mi época no había esas cosas. ¿Qué te parecería si lo hicieras aquí, en la cocina? Así al menos me harías algo de compañía, mientras preparo la cena; y, cuando hayas acabado, podemos pensar en algo que te guste hacer.

A Mia le encantó la idea. Muy aliviada, se sentó a la mesa de la cocina con su móvil. No se dio cuenta de que la abuela Klara se volvía hacia ella de vez en cuando, mirándola con algo de nerviosismo y preocupación. Lamentablemente, la niña cada vez tenía más temas a los que creía que debía responder de inmediato.

Al cabo de una hora, Mia puso un vídeo musical que Jessica y Martina le habían enviado.

—¿Te gusta esta música? —le preguntó su abuela sin que ella se lo esperara. Desconcertada, Mia levantó la vista de la pequeña pantalla por primera vez. Le sorprendió darse cuenta de que en algún momento su abuela se había sentado junto a ella. Por su mirada, Mia comprendió que la abuela Klara estaba realmente interesada en conocer su opinión.

Sin pensar mucho la respuesta, en ese momento Mia decidió decirle la verdad.

—No, en realidad no —reconoció en voz baja—. Si te soy sincera, este maldito grupo me parece un rollazo. Pero a mis amigas les encanta esta canción y, como no quiero que les siente mal, mejor les digo que a mí también me encanta.

—Puedo entenderlo, tesoro —respondió su abuela, pensativa—. No pasa nada por decir una mentira piadosa en determinadas circunstancias si eso nos ayuda a no herir a alguien.

Poco después se levantó y añadió sonriendo:

—Esta música es verdaderamente horrible. ¡Menos mal que no está aquí ahora Osito! Te aseguro que se iría con el rabo entre las piernas.

Hacía semanas que Mia no se reía tanto y de forma tan relajada como lo hizo tras ese comentario de su abuela. Ella tampoco pudo aguantarse una carcajada y ambas acabaron llorando de la risa. A Mia casi se le había olvidado ya lo increíblemente bien que le sentaba hacerlo.

Con decisión, apagó su teléfono móvil. Ya había sido suficiente por ese día.

Por alguna extraña razón, esa tarde Mia se sintió tan libre como hacía mucho que no lo era.

Poco después, volvieron a casa Sven y el abuelo con Osito y, durante la deliciosa cena que compar-

tieron los cuatro, el abuelo Heinz contó de qué había hablado con Sven mientras paseaban:

—Parece mentira lo rápido que ha crecido nuestro nieto. Deberemos tener mucho cuidado para no perder la relación. Antes le pregunté a Sven si este verano también quería ayudarme en el taller, y él quiso saber por qué yo trabajo solo con madera y me ha pedido que construyamos mejor un coche robótico de metal. Lo había visto con sus amigos en una película que a todos les encanta y de la que yo no había ni oído hablar. ¡Imaginaos!

Por algún motivo, Sven se sintió incómodo con este comentario. Pero al final todos acabaron llorando de la risa con el tema.

Antes de acostarse, vieron juntos una conmovedora película sobre un perro especialmente simpático y fiel, que con toda seguridad les habría importado un pimiento a los amigos de Mia y Sven, y que habrían despotricado de ella durante horas. Pero como estaban muy lejos, Mia y Sven pudieron disfrutar de la película sin preocupaciones.

Esa noche, ambos niños durmieron en las acogedoras camas de la buhardilla, tan profundamente como hacía años.

A la mañana siguiente, a la hora del desayuno, les esperaba una sorpresa.

—Hoy el abuelo Heinz y yo queremos cumplir la promesa que os hicimos en vuestros últimos cumpleaños, cuando por desgracia solo pudimos hablar con vosotros por teléfono —les anunció su abuela—. En cuanto hayáis desayunado, iremos todos en coche al centro comercial del pueblo de al lado y podréis escoger el regalo que queráis. Como os habéis vuelto tan mayores, nosotros ya no sabemos qué cosas os gustan. Así que esta nos ha parecido la mejor solución.

—¡Qué bien! —exclamó Sven, que inmediatamente empezó a masticar el doble de rápido—. Para encontrar el mío solo tendremos que ir a la juguetería. Sé perfectamente lo que quiero.

A pesar del entusiasmo general, Mia se mostró un poco escéptica.

—¿Habrá cosas bonitas en un pueblo tan pequeño? —preguntó.

—¡No te preocupes, tesoro! —la tranquilizó su abuela—. Ya verás cómo te sorprende. Hoy en día, todo el mundo sabe lo que está de moda.

Desde ese momento, Mia y Sven salieron de casa llenos de ilusión, y Mia se olvidó de coger el móvil.

Por el camino que llevaba desde el aparcamiento hasta la entrada del centro comercial, Sven se puso a correr, y su abuelo Heinz tuvo que darse mucha prisa para seguirle el paso y no perderle de vista.

Mientras Mia y su abuela los seguían más despacio, la niña aprovechó la oportunidad para preguntarle algo que le rondaba por la cabeza desde hacía un rato.

—Dime, abuela, entonces... ¿me comprarías cosas de maquillaje, quizás un lápiz de labios, sombra de ojos o colorete? Uno de esos que mamá no notara demasiado cuando me viera...

Extrañada y sorprendida, la abuela Klara se quedó parada.

—¿Cómo es que se te ha ocurrido que necesitas algo así, ángel mío? —le contestó asombrada—. Es evidente que no te hace falta nada de eso, porque sin esos productos ya eres preciosa. ¡No tienes más que mirarte en un espejo!

—Gracias —respondió tartamudeando Mia, que se alegró de recibir el piropo, pero que, a pesar de él, parecía indecisa—. Eso es lo mismo que me dice mamá cuando se lo pido. Y después siempre afirma que soy demasiado joven para usarlo, pero yo lo pregunto sobre todo por mis amigas. Jessica y Martina tienen hermanas mayores, y cogen prestado su maquillaje cuando no están. Así pueden parecerse a las chicas que salen en los vídeos.

—Vaya, vaya, así que ahora lo llaman «coger prestado»... —respondió su abuela con una amplia sonrisa—. Lo siento muchísimo, tesoro, pero tenemos que respetar la opinión de tu madre. Además, estoy totalmente de acuerdo con ella, y no puedo imaginarme que de verdad quieras parecerte a las chicas que tocan esa música ridícula que no te gusta...

En ese momento, Mia tuvo que reírse y el tema quedó zanjado.

Ya desde la entrada de la enorme tienda de moda, a Mia se le fueron los ojos a un jersey brillante con los colores del arcoíris, que poco después tocó maravillada.

—Eso sí es de verdad precioso y tan especial como tú —le confirmó la abuela Klara, que la había seguido hasta el estante—. Habría apostado a que sabes de sobra lo que mejor te sienta. ¿Quieres probártelo?

Después de que Mia se lo pensara durante un par de segundos, negó triste con la cabeza.

—Creo que prefiero seguir mirando un poco más —contestó, intentando parecer feliz y decidida.

Después de un rato en la tienda, Mia escogió finalmente una camiseta negra, adornada en la parte delantera con brillantes plateados y dorados. Ya en la cola para pagar, su abuela tuvo que preguntarle dos veces si estaba completamente segura, pues Mia no parecía muy contenta. Con la bolsa en sus manos, salieron a buscar a Sven y al abuelo Heinz, que las esperaban fuera. El niño estaba muy ansioso, porque la siguiente parada era la juguetería.

—¡Ay, qué tonta! —exclamó la abuela Klara—. Me he olvidado algo en la tienda. Id yendo vosotros. Enseguida voy, nos vemos en la juguetería.

Nadie pensó mucho en esas palabras y todos se mostraron de acuerdo.

Al principio, Sven hizo en la juguetería lo mismo que Mia. Con los ojos brillantes, se dirigió de inmediato a la esquina donde estaban los juegos de construcción. Pero poco después se fue de allí murmurando tímidamente que quizá sería mejor elegir una figura Transformer que sus amigos no tuvieran y con la que pudieran jugar todos juntos.

Mientras Sven luchaba consigo mismo, el abuelo Heinz se agachó delante de él para poder mirarle a la cara.

—El hecho de que pienses en tus amigos a la hora de elegir me demuestra lo dulce y considerado que eres. Pero ¿seguro que es eso lo que más te gusta? —le preguntó bajito—. Se trata de ti y de tu regalo de cumpleaños.

Sven se lo pensó un poco más, se fue a buscar un juego de construcción de una nave espacial, y volvió con una radiante sonrisa de oreja a oreja.

—¿Me ayudarás a construirla? —exclamó entusiasmado, y su abuelo asintió contento.

Al final, todos se fueron a tomar un helado gigante y luego volvieron a casa.

A la hora de la comida, Sven dio un mordisco tras otro a toda velocidad; para él cada segundo importaba. Deseaba escaparse cuanto antes al taller con el abuelo Heinz para poder montar su nueva nave espacial.

En cambio, su hermana mayor solo mareaba los alimentos por el plato.

Ese día, Mia también ayudó a limpiar la mesa. Y, como seguía pareciendo demasiado triste, su abuela intentó animarla:

—Bueno, me da la impresión de que no veremos a los chicos en toda la tarde. ¿Qué te parece si, mientras tanto, damos un largo paseo por el bosque? —le propuso a Mia—. Seguro que Osito quiere acompañarnos. Hasta ahora no habéis tenido oportunidad de jugar juntos como es debido.

—No sé... —susurró Mia a un volumen casi inaudible—. Primero tengo que contestar a mis amigas. Y eso puede llevarme un rato.

Con una sonrisa comprensiva, su abuela se acercó a ella para abrazarla.

—¿Qué te pasa, pequeña? —le preguntó, sin tener en cuenta que su nieta prefería ser ya mayor—. Hace un año, lo que más te gustaba era caminar por el bosque día y noche, y nunca te cansabas de observar a los animales. ¿Ha dejado de interesarte todo eso de la noche a la mañana?

En lugar de responderle, Mia comenzó a llorar en voz baja y su abuela le acarició suavemente el pelo.

—Tranquila, no pasa nada. Creo que ya sé lo que te preocupa, y puedo entenderte.

Tras un par de minutos, la niña se fue separando lentamente del abrazo.

—¡Espérame un momento! —le pidió a Mia—. Vuelvo enseguida. Pero antes voy a buscar una pequeña sorpresa que tengo para ti.

Cuando la abuela Klara volvió con una bolsa que Mia reconoció a primera vista, los ojos de la niña se abrieron como platos.

—¿Eso es...? —Fue todo lo que pudo decir mientras su abuela, sonriendo de oreja a oreja, le daba la bolsa.

Mia nunca se había sentido tan feliz como cuando sacó de la bolsa el jersey con los colores del arcoíris del que se había quedado prendada en la tienda. Se le secaron las lágrimas en un instante.

—¡Gracias, abuela! ¡Gracias! ¡Eres la mejor! —no dejaba de exclamar, mientras bailaba loca de alegría por la cocina. La abuela Klara compartió su alegría.

Como era de esperar, Mia tuvo que probarse su estupendo y colorido jersey enseguida. Por suerte, le quedaba perfecto. Como si le hubieran dado cuerda, se movía una y otra vez ante el gran espejo del salón para admirarlo por todos lados.

Cuando se calmó un poco, se sentó con su abuela en la mesa de la cocina. Muy cariñosa, Klara apoyó

su mano derecha, áspera debido a las tareas domésticas, sobre las delicadas manos de su nieta.

—¿Quizá quieras contarme ahora qué te pasa y por qué elegiste la camiseta negra en la tienda cuando preferías el jersey? —le preguntó en voz baja y con cuidado.

—Fue por las chicas de mi clase, sobre todo por Jessica y Martina —admitió Mia avergonzada y sin mirar a su abuela. Y entonces toda la verdad comenzó a salirle a borbotones—: De repente, pensé en cómo se burlaron de Anja hace un par de semanas, cuando llegó al cole con un precioso vestido de verano, con estampado de flores en colores brillantes. A mí me gustaba mucho, pero no me atreví a decirlo y a ponerme de parte de Anja. Sé que estuvo mal y que no fue algo amable en absoluto, y Anja me dio muchísima pena ese día. Por desgracia, no tuve el valor de llevar la contraria a las demás. Jessica, Martina y las chicas de su grupo creen que solo molan las cosas negras. En realidad, yo pienso que eso es una tontería, especialmente en los días grises, oscuros y lluviosos. Pero allí todos prestan atención a las chicas más guapas, y yo también quiero integrarme y que no se rían de mí. A veces, lo que más me gustaría en el mundo es ser especial, y poder pensar y hacer lo que realmente me apetecería.

Klara la escuchaba en silencio y con atención, porque era muy consciente de cuánto tiempo llevaba arrastrando Mia esos pensamientos que la atormentaban, y cuánto la habían agobiado. Mia se acercó a ella con una mirada insegura y susurró de forma casi inaudible:

—¿Te sigo gustando aunque me haya portado muy mal con Anja y no la haya ayudado?

Entonces su abuela saltó como un rayo a abrazar a su nieta.

—¿Cómo puedes preguntarme eso en serio, angelito? —la tranquilizó—. Te quiero a ti y a tu hermano mucho más que a nada en el mundo, y nada ni nadie va a cambiar eso nunca. Quizá te quiera incluso más que antes, debido a todo eso que me acabas de contar.

—¿Y por qué ibas a hacerlo? —se sorprendió Mia, completamente asombrada—. Hoy he sido cobarde, y el otro día ayudé a herir a Anja, aunque fuera de forma involuntaria.

—Puedo imaginarme mejor de lo que creerías lo difíciles que te resultan a veces las cosas en el colegio —le aseguró su abuela Klara, con una mirada triste—.

Yo también fui un día tan joven como tú. Para defenderse a los nueve años de quienes siempre quieren ser los protagonistas, hace falta mucho valor y confianza en uno mismo. Pero ¿sabes qué me parece a mí mil veces más importante?

Confundida, Mia negó con la cabeza.

—El hecho de que no se te haya olvidado esa experiencia, y que hayas seguido acordándote hasta hoy de cómo se habría sentido Anja ese día me demuestra claramente lo mucho que te preocupas por los demás. Para mí ese es solo un ejemplo entre muchos. ¡No olvides que te conozco desde que eras pequeña! Tienes un corazón enorme y compasivo, tesoro, y esa es una de tus virtudes, que son las que te hacen especial. Por cierto, todo esto vale también para tu hermano, pero eso ya lo sabes desde hace tiempo.

Tras esas palabras, Mia volvió a sonreír tímidamente.

—Sí, nadie podría tener mejor hermano pequeño que Sven —convino Mia—. Poco a poco estoy empezando a preocuparme por él. Quizás algún día le pase algo muy similar en su clase, y no tengo ni idea de cómo se las arreglará.

—El abuelo Heinz y yo nos hemos estado temiendo eso desde que vimos que los dos habéis cambiado en los últimos meses —convino la abuela Klara—. Anoche estuvimos hablando mucho de ello. Y llegamos a la conclusión de que sería buena idea hablar de ello con vosotros dos.

—¿De qué? —la interrumpió Sven, que acababa de abrir la puerta de un golpe e irrumpió en la cocina. Sin esperar a que le respondieran, anunció con entusiasmo que ya había construido su nave espacial y que era genial, el mejor regalo que había recibido en su vida—. No os podéis imaginar lo real que parece —exclamó radiante—. Tenéis que venir a verla. Cuando sea mayor, viajaré en una igual que esa a la Luna o a Marte, o mucho mucho más lejos.

El abuelo Heinz, que finalmente le alcanzó, sonreía encantado.

—Sí, se nos ha dado bastante bien a los dos. Y por eso Sven me prometió que me ayudaría mañana en el taller como hizo el año pasado. Debemos apoyarnos entre nosotros —agregó con un guiño conspirativo.

—¡Vamos, venid ya! —insistió Sven, que había agarrado de la mano a Mia para levantarla de la silla y arrastrarla hacia fuera.

—¡Claro! Ambas estamos ansiosas por ver tu nave espacial. No nos la perderíamos por nada del mundo

—intervino en ese momento la abuela Klara—. Enseguida iremos, y creo que deberíamos hacer algo entretenido todos juntos. Pero primero tomemos un zumo de manzana frío y charlemos un ratito. Justo estaba hablando con Mia de que, en ocasiones, en el colegio os cuesta decir lo que pensáis de verdad.

Cuando se quiso levantar para sacar el zumo de la nevera, le pidió al abuelo Heinz con un gesto de la mano que se quedara sentado con los niños. Seguro que no le importaría.

—Bueno, sí, los más grandes y los más fuertes de nuestra clase quieren controlarlo todo —abordó el tema Sven, mientras se dejaba caer en la silla que había junto a la de Mia—. Y, como yo no quiero quedar como un tonto, finjo que me gusta lo mismo que a ellos. Así me dejan en paz e incluso les caigo bien. En realidad, no me parece que sea algo tan malo.

—¿Te dirían que eres tonto si no lo hicieras? —quiso saber el abuelo Heinz.

—Puede ser —murmuró Sven un poco avergonzado—. En la última semana de clase antes de las vacaciones, se lo decían a Tobías; se reían de él porque fue capaz de admitir, antes que nadie, que le interesaban más los animales que el fútbol y los coches.

—¿Ves? Así empiezan las cosas —intervino Mia—. Para tener el valor suficiente para defenderse y defender a los débiles, hay que ser alguien muy especial.

—¿Qué podemos hacer para ser especiales? —preguntó Sven con una mirada de nostalgia.

—Pero si vosotros ya lo sois desde hace un montón... —afirmó la abuela Klara de forma objetiva, que llegaba con el zumo. El abuelo Heinz asentía confirmándolo.

—No, eso no es cierto. ¿De dónde sacáis esa idea? —le respondieron Mia y Sven al mismo tiempo.

—Pensáis eso porque nos queréis —dijo Mia, intentando quitarle importancia.

—Sí, en eso tienes toda la razón —afirmó la abuela Klara—. Os queremos mucho a los dos. Aun así, os vemos como realmente sois. Si queréis, puedo poneros algunos ejemplos para demostraros que sois niños muy especiales.

Al ver que Mia y Sven siguieron escuchándola como embobados y en silencio, su abuela continuó hablando:

—Bueno, para empezar, no es tan frecuente que dos hermanos estén tan unidos como vosotros. Probablemente os habréis dado cuenta de que algunos hermanos se llevan fatal y se pelean todo el tiempo.

En lugar de eso, vosotros os respetáis, intentáis entenderos el uno al otro y os gusta estar juntos. Y eso es algo maravilloso. Así, más adelante, cuando os hagáis mayores, nunca estaréis solos.

Aquello nunca se les había ocurrido a Mia y Sven. Para ellos, era algo completamente normal. Al fin y al cabo, se llevaban bien.

El siguiente ejemplo lo puso el abuelo Heinz, que había colocado los vasos sobre la mesa y se había sentado junto a ellos.

—Ya sabéis que hablamos mucho por teléfono con vuestros padres. Y ellos no se han quejado de vosotros ni una sola vez y tampoco tienen que preocuparse por vosotros, porque siempre estáis atentos en el colegio y os esforzáis en estudiar. Y eso hace que vuestros padres estén muy muy orgullosos de vosotros y también muy contentos. Antes temían que en primaria se complicaran las cosas, porque ellos tienen que trabajar y no pueden dedicaros tanto tiempo como les gustaría. Probablemente no os deis cuenta de lo mucho que nos alegramos, tanto vuestros padres como nosotros, de poder confiar en vosotros.

En ese momento, el abuelo Heinz pareció pensar por un momento en algo que le hizo sonreír.

—Que de vez en cuando hagáis alguna tontería o que compliquéis la vida a los mayores cuando os empeñáis en algo es normal. Nos enfadamos durante cinco minutos, y luego nos volvemos a reír.

En ese momento, Mia y Sven sonrieron. Ambos parecían recordar cosas que encajaban perfectamente con ese comentario de su abuelo.

—Tenéis buena intención —dijo Mia, revelando lo que en ese momento le preocupaba—. Pero eso no significa que seamos especiales. Todo eso es normal.

—No, tesoro —le contestó su abuela Klara—. Aún no hemos acabado. Mia, tú no has podido olvidar el día en que las chicas de tu clase se burlaron de Anja. Y tú, Sven, has estado preocupado por lo que le pasó a Tobías en el colegio. Eso demuestra vuestra compasión por los que no pueden defenderse cuando otros les hacen daño, y eso es algo maravilloso. A algunas personas les da igual lo que les pase a los demás, pero a vosotros no.

Al oír aquello, Mia se sonrojó. Estaba absolutamente segura de que no se merecía ese elogio.

—Pero el hecho de que un niño que se encuentra en una situación difícil nos dé pena, a él no le ayuda en nada —opuso ella—. Quien realmente fuera alguien especial sin duda habría defendido a Anja y Tobías de todos los demás.

—Reunir el valor para hacerlo es infinitamente difícil —admitió el abuelo Heinz abiertamente—. Ni siquiera la mayoría de los adultos somos capaces de hacerlo si nos encontramos frente a un grupo que piensa de forma contraria.

—Además, no sirve de nada empezar una pelea —retomó la palabra la abuela Klara—. Eso nunca lleva a algo bueno. ¿No sería mucho mejor si intentarais ser sinceros respecto a lo que realmente os gusta y lo que preferís? Si lo admitierais de ahora en adelante, estaríais ayudando a niños como Anja y Tobías mucho más de lo que os imagináis. ¿Quién sabe? Quizás incluso os llevarais una sorpresa. Siempre hay que dar un primer paso y, para ello, hace falta mucho valor. Después de eso, por ejemplo, podría ocurrir que de repente algunas de las otras chicas dijeran que en realidad no les gusta la música y las películas que Jessica y Martina adoran. Y algunos de los chicos de la clase de Sven finalmente se atreverían a decir abiertamente que también les interesan los animales.

—Y entonces Anja y Tobías no estarían tan solos —reflexionó Mia—. En realidad, ellos ya fueron incluso más valientes que nosotros.

—A partir de ahora lo haremos mejor —decidió Sven con una amplia sonrisa.

—Creo que hablaré con Anja cuando volvamos a casa —se le ocurrió a Mia—. Quizá le apetezca quedar conmigo, y podríamos hacer algo juntas.

—Sí, y yo le preguntaré a Tobías si quiere acompañarme la próxima vez que saquemos a pasear al perro de nuestros vecinos por el parque —decidió Sven sin dudarlo.

—Creo que son dos ideas excelentes —se alegró la abuela Klara—. Tengo la impresión de que Anja y Tobías encajarían mucho mejor con vosotros que esos amigos que solo quieren que les den siempre la razón.

De forma inesperada, Mia volvió a quedarse callada y pensativa.

—Pero que a mí me parezcan aburridas la música y las películas que les gustan a Jessica y Martina, o que prefiera la ropa de colores vivos a la negra, no quiere decir que yo tenga razón. Porque, en realidad, ¿quién puede decidir qué es mejor o peor? —se preguntó en ese momento.

—Nadie, tesoro —respondió la abuela Klara, confirmándole lo que la niña ya sospechaba—. ¿No sería aburridísimo el mundo si todos tuviésemos los mismos gustos y si todos pudiéramos hacer siempre las cosas de la mejor forma posible? Lo que vuelve la vida realmente variada e interesante es el hecho de que a todos nos gusten cosas diferentes y que todos tengamos virtudes y debilidades distintas. Lo único que realmente importa es que seamos capaces de defender nuestros propios gustos, que mantengamos una opinión sincera y que no hablemos por los demás.

En ese momento, Mia y Sven asintieron. Seguro que no sería fácil, pero ambos estaban decididos a intentarlo a partir de ahora.

A pesar de ello, Mia siguió dándole vueltas hasta que logró expresar sus pensamientos:

—En el fondo, es totalmente lógico. A todos los que tengan el valor para hacerlo les irá sin duda mucho mejor. Pero ¿por qué Jessica, Martina y algunos de los chicos de la clase de Sven tienen que imponerles a los demás sus gustos e intereses? ¿De qué les sirve?

También para eso la abuela Klara encontró una explicación en un abrir y cerrar de ojos:

—Apostaría a que Jessica, Martina y esos chicos en realidad tienen mucho menos coraje y confianza que vosotros y muchos de los otros niños. Probablemente solos se sientan muy inseguros. Pero para ellos, lograr influir en los demás es una especie de confirmación que necesitan desesperadamente.

—Entonces debería sentir lástima por ellos —afirmó Mia en voz baja—. El próximo año les diré sinceramente lo que no me gusta, aunque procuraré no hacerles daño.

—¿Ves? Ahí tienes otra prueba más de que eres alguien especial, mi pequeña niña mayor —le aseguró su abuelo—. Igual que tu hermano.

—¿Y no tienes que saber hacer nada genial, algo que nadie más sepa? —preguntó, dudando, Sven.

—Eso también cuenta, naturalmente —le respondió su abuelo, sin dudarlo—. Pero a ti por ejemplo se te dan muy bien los animales, algo que Osito estaría encantado de poder confirmar. Y tu hermana siempre fue muy buena dibujando y pintando. Si me preguntaran, apostaría a que tú un día serás un excelente veterinario, y Mia será una artista famosa.

Al imaginárselo, los niños se quedaron ensimismados y sonriendo hasta que Mia dijo:

—Y Jessica tiene una voz hermosa y canta de maravilla, y Martina ha hecho varias actuaciones con su grupo de baile. Abuela, tú eres capaz de hacer las

mejores tartas del mundo, y tú, abuelo, puedes tallar con madera todo lo que uno pueda imaginar. Y creo que se me ocurriría algo así de cualquiera. Así que todos debemos de ser especiales.

—Eso es, tesoro —le dio la razón su abuela Klara, quien, al igual que el abuelo Heinz, estaba claramente orgullosa de sus nietos en esta importante conversación.

—Todo el mundo es valioso y único y, a su manera, extraordinario. Si todos fuéramos capaces de entender esto, nos respetáramos y utilizáramos nuestras mejores virtudes para ayudarnos unos a otros, nuestro mundo sería un lugar mucho mejor. Con niños tan especiales como vosotros dos, quizás este sueño se haga realidad en algún momento. Lo que os he escuchado decir hoy me hace ser muy muy optimista.

—Pero ¿qué podemos hacer? —preguntó Sven perplejo—. Nosotros aún somos unos niños y el mundo es enorme. Nadie nos va a escuchar.

—Excepto la abuela y el abuelo, y mamá y papá —intervino Mia, sonriendo.

—¡Gracias por el piropo, pequeña! —respondió el abuelo Heinz con una ligera reverencia que hizo reír a todo el mundo.

—Seríamos muy tontos si no lo hiciéramos. Después de todo, vosotros sois el futuro. Y, volviendo a tu pregunta, Sven, imagínate por un momento el mar. Incluso el más grande de los océanos está formado por miles de millones de gotas de agua diminutas. Y cada una de estas gotitas, sin excepción, es extremadamente importante. Sin ellas, ese océano no existiría.

—¡Seguid siendo como sois, angelitos, y no dejéis que los demás os influyan demasiado! —añadió la abuela Klara de forma decidida—. Si podéis hacer algo para que la gente que os rodea se sienta bien, para que tengan el valor de ser ellos mismos y que de vez en cuando sonrían, habréis logrado mucho, mucho más de lo que creéis.

—No parece muy difícil —dijo Sven.

—Sí, creo que podemos lograrlo —sonrió Mia, mientras le daba una palmada de broma en el hombro a su hermano.

En ese momento, la abuela Klara se levantó con energía.

—Bueno, ya hemos hablado bastante sobre todo esto, y creo que ha llegado la hora de convertir nuestras buenas intenciones en hechos —propuso de buen humor—. Si os apetece, vuestro abuelo y yo tenemos un montón de tiempo para vosotros. Así que..., ¿tendrían estos dos niños tan especiales ganas de hacer algo con estos dos ancianitos? Estamos abiertos a cualquier propuesta.

—¡Mi nave espacial! —volvió a recordar Sven de repente—. Tengo que enseñaros mi nave espacial.

Impaciente, miraba de un lado a otro.

—Sí, claro, casi se nos olvida... —dijo la abuela Klara, llevándose la mano derecha a la frente en un gesto exagerado.

—Será lo primero de nuestra lista. ¿Y después? Cuando erais más pequeños, nunca os cansabais de pasear por el bosque para observar a los pájaros y a otros animales. ¿Os seguiría divirtiendo, o ya sois demasiado mayores para ello?

—¡Claro que sí! —exclamó entusiasmado Sven, dando un salto de alegría—. Y naturalmente Osito vendrá con nosotros. ¡A ver si sigue habiendo tantas ardillas!

La abuela Klara y el abuelo Heinz le dedicaron una mirada interrogativa a Mia.

—¿Y tú, tesoro? ¿A ti también te gustaría eso?

Después de pensárselo un momento, el rostro de la niña se iluminó de repente.

—Me encantaría. Contad conmigo —decidió sonriendo.

—¿Tienes que responder antes algún mensaje? ¿Prefieres que esperemos un poco? —quiso saber la abuela Klara.

—No, no hace falta. Creo que lo dejaré apagado porque no me lo voy a llevar.

Y, al acabar de decir estas palabras, Mia pareció sorprendentemente aliviada.

—Pero sí necesito unos minutos para ponerme las zapatillas.

Sven puso los ojos en blanco como señal de estar un poco harto, pero pronto apareció Mia. Seguía llevando puesto su nuevo jersey y no quería quitárselo.

—En realidad, en verano no suele llevarse jersey —intentó justificarse—, pero hoy hace bastante fresco. Además, si llevo el jersey, no necesito una chaqueta.

—¡Bien hecho, es realmente bonito! —dijo maravillado el abuelo Heinz—. Cualquiera que te vea sabrá de inmediato que tienes un gusto excelente.

La abuela Klara no tuvo más que añadir, porque su alegre sonrisa ya demostraba claramente lo contenta que estaba y lo mucho que le gustaba Mia con aquel precioso jersey.

Como a la mayoría de los chicos, a Sven le daba exactamente igual lo que llevara puesto su hermana. Él solo quería ponerse en marcha.

Ya en el taller, les mostró orgulloso a Mia y a la abuela Klara su nueva nave espacial, y ambas tuvieron que admitir con sinceridad que estaban profundamente impresionadas. Como había más gente por allí, Sven sintió que tenía un gran público y dijo entre risas:

—Creedme: esta es la mejor nave espacial del mundo.

Que a los niños les hubieran gustado tanto sus regalos hizo muy felices a la abuela Klara y al abuelo Heinz.

Osito, el amable y mimoso san bernardo de la familia, meneaba la cola mientras todos juntos se ponían en marcha después de esta visita.

En el estrecho camino que llevaba de la casa de sus abuelos al bosque, a través de una pradera infinita, Mia resumió su decisión más importante del día en una sola frase:

—A partir de hoy, haremos lo que nos apetezca, sin que nos importe si a los demás les parece una tontería.

Sus abuelos respondieron con un gesto solemne. No hacían falta palabras para explicar lo orgullosos que se sentían de su nieta. Lo llevaban escrito en la frente.

Probablemente, Sven caminó al menos el doble que todos los demás, porque se adelantaba una y otra vez, y luego volvía para contarles lo que había descubierto. Nadie pensó que pudiera perderse, porque Osito no se apartó de su lado ni una décima de segundo y siempre estuvo pendiente de él.

Sin embargo, el abuelo Heinz hizo todo lo que pudo para no perderle de vista durante mucho tiempo, mientras Mia y su abuela caminaban un poco más atrás. Así podían charlar tranquilamente.

—Es curioso lo tontos que podemos ser a veces —admitió Mia abiertamente—. Cuando las chicas de mi clase me contaron lo que iban a hacer durante las vacaciones y adónde viajarían, me sentí terriblemente avergonzada por no poder estar a su altura. Por eso no les conté que nosotros vendríamos al campo. ¡Imagínate! Me quedé en silencio.

—Bueno, eso no es para tanto, angelito —la tranquilizó su abuela—. Tampoco hace falta que los demás lo sepan todo sobre nosotros. ¿Dónde pasan las vacaciones tus amigas?

—Jessica no paraba de decir que se iba tres semanas a Nueva York con su tío, y Martina está en Bali con sus padres.

—La verdad es que este pueblecito no se puede comparar con algo así —respondió la abuela, pragmática—. ¿Te gustaría ir tan lejos para conocer mundo? Antes de responderle con sinceridad, Mia se lo pensó un poco.

—Pues el último día de cole sentí algo de envidia de mis amigas por sus planes de viaje, pero ahora ya no. Ya conoceré todos estos lugares más adelante. Casi se me había olvidado lo bonito que es estar aquí y lo mucho que me gusta pasar tiempo con mis abuelos. Así que, no, no me gustaría estar lejos, prefiero estar aquí con vosotros.

Tan discretamente como pudo, la abuela Klara se limpió enseguida un par de lágrimas de los ojos. Estas palabras la habían llenado de alegría.

—Seguro que tus amigas se quedarían maravilladas si pudieran ver toda la belleza que también hay aquí —supuso ella, en cuanto estuvo segura de que su voz no iba a revelar lo emocionada que se encontraba—. La belleza de la naturaleza es un verdadero milagro. Solo debes tener los ojos abiertos para descubrirla.

—Y no ir mirando el móvil —completó Mia, guiñando un ojo de forma conspirativa.

Después, siguieron caminando cogidas del brazo. Como para confirmar su conversación, ese día en el bosque vieron pequeños ratones y conejos adorables, ardillas increíblemente ágiles y habilidosas, hermosas mariposas de colores e incluso un pájaro carpintero de lo más trabajador, que entusiasmó, sobre todo, a Sven.

—Mañana hará por fin más sol y la temperatura será mejor —le dijo la abuela Klara en la última parte de su largo paseo por el bosque—. ¿Qué te parece si vamos todos juntos al lago de la antigua cantera?

—¡Eso estaría genial! —exclamó enseguida Mia—. A Sven no hace falta ni que se lo preguntes. Ya sabemos las dos perfectamente lo que va a contestar.

Y sonriendo continuaron su camino.

—¿Lloverá en algún momento de los próximos días? —se preguntó Mia de forma inesperada.

—Si nos fiamos del pronóstico, probablemente lloverá el viernes. ¿Por qué quieres saberlo?

Su abuela nunca habría contado con esa pregunta.

—Porque, ¿sabes?, me gustaría muchísimo volver a leer un libro emocionante con tranquilidad —le explicó Mia—. Últimamente no leo tanto porque algunas de mis amigas piensan que los libros son aburridos y anticuados. Pero yo echo de menos leer, y a partir de ahora voy a hacer lo que realmente me guste y apetezca.

—Haces muy bien, cariño —la alentó su abuela Klara—. Y te entiendo. Afortunadamente, ambas sabemos que los libros son mucho más interesantes que las películas. Quien solo ve películas y vídeos, en realidad solo ve lo que otros quieren que vea. Nuestra imaginación nos muestra nuestra propia película únicamente a través de la lectura. Y yo no cambiaría por nada del mundo lo que se siente al hacerlo.

Le había hablado desde el fondo del corazón. Y, después de una breve pausa, añadió:

—Si quieres, mañana después del desayuno te llevaré a la biblioteca. Allí podrás elegir entre distintos libros para estas dos semanas que estarás con nosotros. Y, por cierto, se puede leer en cualquier lugar y con cualquier tiempo; en la pradera que hay junto al lago, por ejemplo.

Aquel precioso día parecía ofrecer un motivo tras otro para la alegría, y no solo a Mia. A Sven y sus abuelos, también.

Después de una deliciosa cena en la que los niños charlaron sin parar para contarse entusiasmadísimos todo lo que habían vivido y visto, y qué había sido lo mejor de todo, el abuelo Heinz les sugirió que salieran al jardín.

—A esta hora es el mejor momento —les aseguró en un tono misterioso.

Una vez que sus ojos fueron acostumbrándose poco a poco al crepúsculo, se abrieron como platos del asombro.

—¡Mira! —exclamó Sven, saltando de aquí para allá.

En el límite del bosque, detrás de la casa, aparecieron once ciervos preciosos. Con la mayor tranquilidad, empezaron a buscar en la pradera las briznas de hierba más apetecibles. No parecían advertir la presencia de las personas que los observaban desde la distancia.

—¿Veis? Lo sabía —proclamó el abuelo Heinz, triunfante—. Con los ciervos, uno podría poner su reloj en hora. Cuando llega el momento de su cena, salen siempre puntuales del bosque.

—Este lugar donde vivís es precioso, parece casi de cuento de hadas —susurró Mia en un tono casi inaudible, porque no quería espantar a los animales.

Cuando un poco después oscureció por completo, el abuelo Heinz señaló hacia arriba risueño. Con la

boca abierta, Mia y Sven miraron al cielo como si estuvieran hechizados. Nunca habían visto tantísimas estrellas, grandes y pequeñas, en la ciudad, porque allí hay demasiada luz. Esa noche, sintieron que sobre ellos brillaban y resplandecían innumerables diamantes.

—¡Guau! —fue lo único que se les ocurrió decir.

En ese momento, la abuela Klara rodeó a Mia con el brazo derecho y a Sven con el izquierdo.

—¡Nunca olvidéis todo lo que hemos hablado hoy! —les pidió a los niños en voz muy baja—. La gente que os quiere siente de corazón que vosotros dos sois muy especiales. Porque que los demás nos quieran nos hace a todos especiales. Y eso es lo único que importa.

Y tú,

¿por qué eres especial?

Todos somos diferentes, únicos y especiales. Pero ¿cómo podemos entender que tener nuestras diferencias puede ser algo muy positivo?

Las niñas y los niños a veces pueden necesitar ayuda para valorar sus peculiaridades, descubrir su potencial y reforzar su autoestima, y es importante hablar de ello, tal como hacen los abuelos de Mia y Sven en *Te quiero como eres*.

Conversar con los niños y niñas ayudará a que juntos apreciéis aquellas particularidades que os hacen especiales.

Algunas ideas para conversar:

◈ Mostrad vuestro interés por todo aquello que les interese: preguntadles qué les gusta hacer, animadlos a seguir con esa actividad y, si podéis, ¡hacedla con ellos! Es importante que les hagáis sentir que sus pasiones son válidas y maravillosas, y que tienen un potencial enorme para conseguir lo que se propongan.

- Hablad de sus intereses y preferencias como algo positivo, único e incomparable, de modo que no tengan por qué sentir que tienen que parecerse a otras personas. ¡Todo lo que les gusta les hace especiales!

- Recordadles que los gustos son algo individual y personal, y que no dependen de nada más que de ellos. Intentad combatir prejuicios: por ejemplo, no hay cosas «de chicas» o «de chicos», ¡a todo el mundo le puede gustar cualquier cosa!

- Hablad de las cualidades y gustos de otras personas, ¡pueden ser de lo más extravagantes! Cuanto más entiendan que las diferencias nos hacen especiales, ¡mejor!

- Decid cuáles son las cosas que más os gustan de otras personas, y también de vosotros. Descubriréis por qué os quieren y cosas que reforzarán vuestra autoestima y, sobre todo, entenderéis que os quieren exactamente como sois.

**Nadie es como tú
y eso es lo que te hace
extraordinario.**